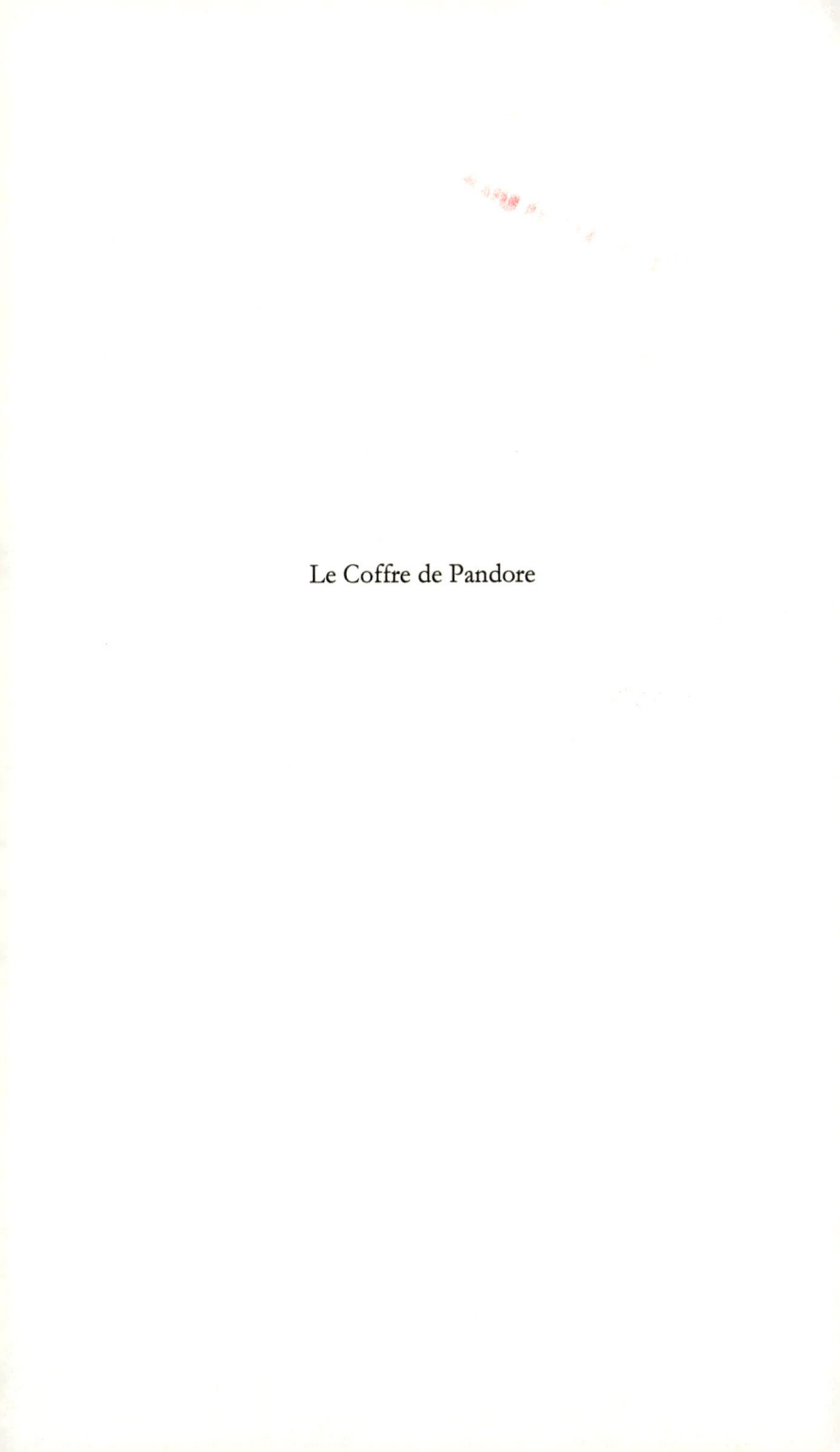

Le Coffre de Pandore

Matthieu DENIS

Le Coffre de Pandore

L'acte d'écrire peut ouvrir tant de portes, comme si un stylo n'était pas une plume mais une étrange variété de passe-partout.

Stephen KING

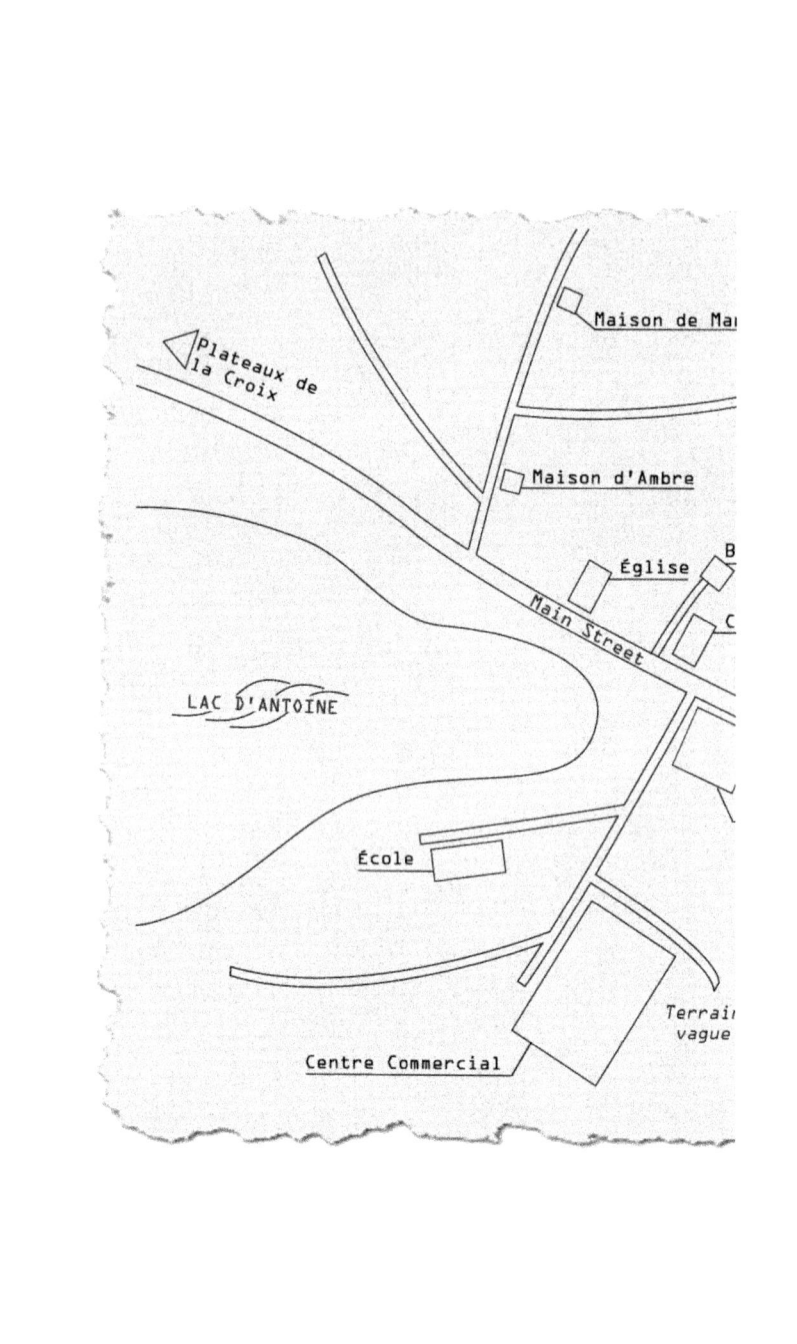

rcus   Maison d'Estheban

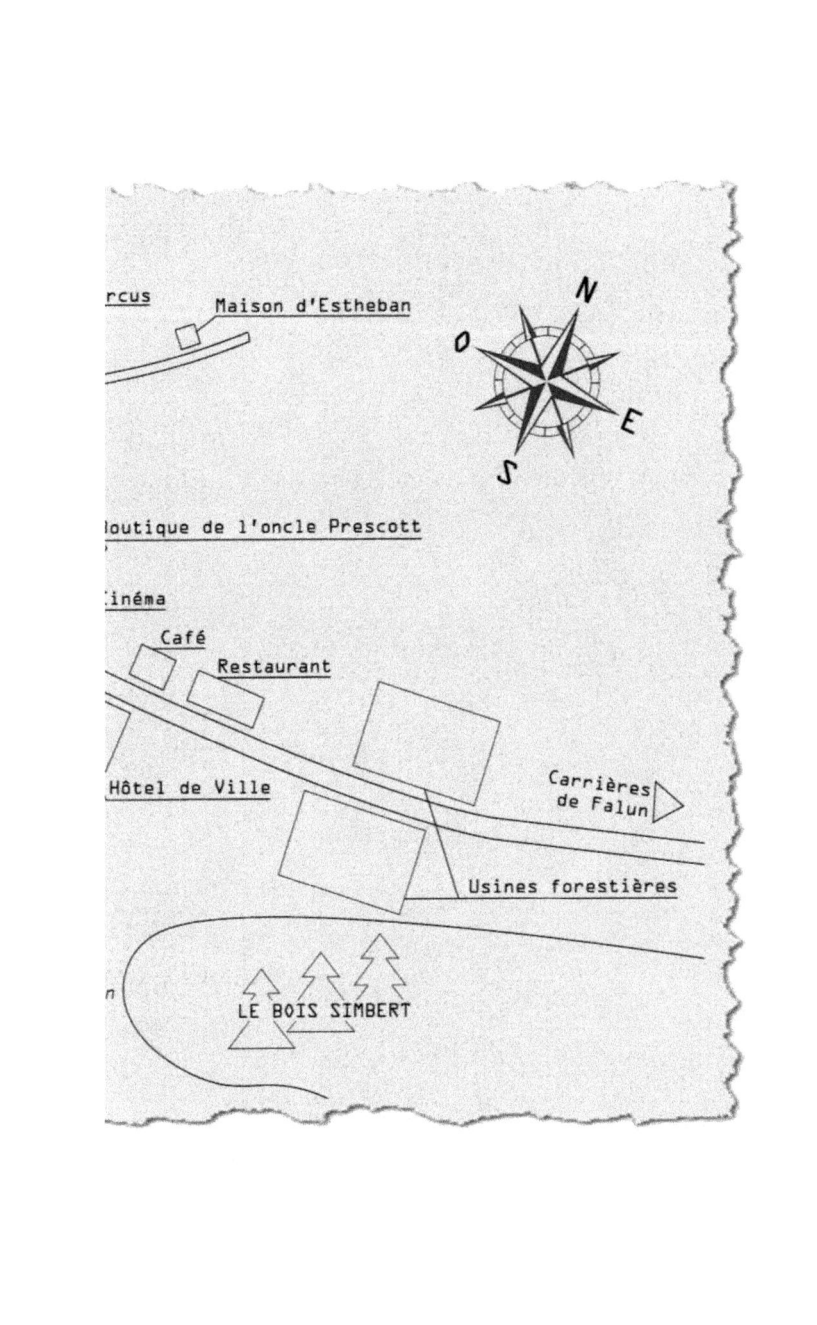

N
O
E
S

Boutique de l'oncle Prescott

Cinéma
Café
Restaurant

Hôtel de Ville

Carrières de Falun

Usines forestières

LE BOIS SIMBERT

Le Coffre de Pandore

PROLOGUE

Malgré l'imposant vacarme qui régnait tout autour, Estheban fixait silencieusement la petite lueur verte qui clignotait au-dessus de la caméra pointée vers lui. Avant qu'il ne monte sur l'estrade, le cameraman lui avait conseillé de bien faire attention lorsque la loupiote serait rouge : « Tu feras gaffe, hein ! » avait rajouté l'homme qui allait le présenter à des millions de téléspectateurs. Confortablement installé sur un fauteuil beige en plein milieu du plateau, le garçon ne réalisait pas vraiment ce qui lui arrivait : il y a quelques jours de cela, il n'était encore qu'un simple étudiant à la vie on ne peut plus classique.

« Une minute ! » cria une voix depuis l'arrière des équipements télévisuels. Adrienne Chazel, la présentatrice de l'émission dont Estheban était l'invité de ce soir, pestait contre les équipes techniques et ne cessait de les rappeler à l'ordre. « Elle est tellement canon ! Cette femme, c'est une bombe. » lui avait un jour dit son meilleur ami, Marcus, alors qu'ils regardaient ensemble l'émission lors d'une fraîche soirée d'automne. Il aurait tellement aimé qu'il soit là, lui, son pote Marcus.

« Trente secondes ! » réitéra la voix. Les murmures autour d'Estheban se firent plus discrets, certains devinrent presque inaudibles. Par le grincement qu'ils provoquaient, quelques pas sur des lames de parquet rendaient l'ambiance plus lourde encore : la présentatrice aux immenses talons aiguilles se posta juste à côté du jeune homme, à moitié assise sur l'accoudoir du fauteuil. « Ne t'en fais pas, ça va bien se passer. Concentre-toi sur mes questions, réponds-y sans réfléchir. Dis-moi tout ce que tu as dans la tête, tout ce qui te tracasse. Je suis un peu ta confidente, aujourd'hui... ». Elle avait raison cette femme. Son plus intime complice, son meilleur ami, n'était pas là. Il fallait pourtant qu'il trouve une oreille attentive à qui il pourrait tout raconter.

« Dix secondes ! » hurla le cameraman en enfilant un casque beaucoup trop grand pour la morphologie de son crâne. Ajustant l'œilleton de sa caméra, le technicien réglait la netteté de l'image tout en se posant quelques questions sur la star de ce soir : cette star qui semblait si timide mais si suspecte aussi... Qui est ce jeune homme ? Quels sont ses secrets ?

« Trois, deux, un... Antenne ! ». La lueur passa au rouge vif et une longue musique spectaculaire raisonna dans l'immensité du studio. Adrienne Chazel accueillit les téléspectateurs comme à son habitude, tout sourire, son attitude branchée et sa silhouette élancée la rendant plus désirable encore que le portrait que Marcus lui avait dépeint. Soudainement, Estheban sentit tous les regards se resserrer sur lui : comme un éclair durant une nuit d'orage, un puissant projecteur lui illumina le visage. Il put rapidement distinguer la présentatrice qui se levait de son perchoir en faisant signe aux accessoiristes en coulisses de lui amener son fauteuil personnel : « Alors Estheban, raconte-nous ton histoire... ».

* * *

Ce soir-là, l'émission du "Chazel's Show" rencontra un véritable succès. La courbe des audiences ne cessa de grimper entre dix-neuf heures trente et vingt heures quinze, courte période durant laquelle Estheban raconta toute l'histoire incroyable qu'ils avaient vécus, lui et ses amis. En dépit de ses nombreux soutiens — qui furent créés un peu partout à la surface du globe —, Estheban fut présenté devant un juge d'instruction quelques heures après cette interview : à la suite d'un long procès, il fut mis en examen pour pillage, homicide involontaire et divulgation délibérée d'informations confidentielles.

Il passa deux ans de sa vie en prison.

CHAPITRE *1*

Marcus haletait. Il avait couru près de trois kilomètres — de la grande clairière jusque chez son ami — en croisant quelques personnes dont les visages lui semblaient familiers. « Tout le monde va bien chez les Lefebvre ? » demanda en chemin une connaissance de sa mère. Sans ralentir son allure de course, Marcus avait acquiescé et continué son chemin. Manifestement exténué, il se haïssait de ne pas avoir sorti son vélo de la cave comme il le faisait chaque année au début de l'été.

Pourtant, ce jour-là, le soleil était au zénith : dès l'aube, le jeune homme s'était levé du bon pied. Sans réellement savoir ce qu'il allait faire de ses premières heures de vacances, il pensait à tous ses projets pour les deux mois à venir : shopping, cinéma, piscine, il avait tellement d'idées en tête... Mais, aujourd'hui, une retenait particulièrement son attention.

Il y a quelques jours de cela, en rentrant du lycée, Marcus avait remarqué que la clairière au Sud de la ville avait été un peu défigurée par la construction du nouveau centre commercial, situé juste à côté. Comme son meilleur ami Estheban n'en savait rien, il avait eu l'ingénieuse idée d'organiser une petite sortie qui fêterait le début des grandes vacances. Quoi de mieux pour deux passionnés de cyclisme et de sports extrêmes que d'expérimenter un terrain vague jamais pratiqué.

Marcus avait prévu d'aller trouver un chemin d'accès tôt le matin, l'endroit étant peu accessible, et de revenir un peu plus tard chercher son ami tout en espérant qu'il soit levé. Motivé par l'idée de bien commencer ses vacances, le jeune garçon avait enfilé de vieux habits et s'était empressé de partir en prenant soin de laisser un mot sur la porte du frigo, histoire que sa mère ne s'inquiète pas plus que d'habitude.

* * *

Il était un peu moins de sept heures quinze lorsque Marcus arriva chez son ami, les mains en sang et les yeux emplis de larmes. Il avait fait une découverte. Une découverte qu'il devait absolument confier à quelqu'un. Mais il fallait qu'ils aillent très vite, car la Chose se réveillait.

* * *

Estheban fut surpris de voir Marcus venir chez lui à une heure si matinale. Lorsqu'il ouvrit la porte, ce dernier lui sauta dessus. Crasseux et titubant, il avait les mains marquées par d'affreuses et profondes cicatrices. Bien que les bandages de tissu appliqués avec hâte arrêtaient le saignement, ses mains étaient encore luisantes de sang frais. Estheban n'attendit pas une seconde avant de faire s'asseoir son ami sur les marches du perron. « Qu'est-ce qu'il s'est passé, bon sang ? » demanda-t-il. Aucune réaction. « Merde Marcus, qu'est-ce que t'as foutu ? ». En guise de réponse, son ami ouvrit la bouche et courba ses lèvres, mais aucun son ne sortit. En vérifiant que personne ne les observait, Estheban poussa la porte d'entrée d'un léger coup de tibia et tira son ami à l'intérieur en glissant ses bras sous ses aisselles.

La mère du jeune homme était allée, tôt ce matin, conduire le cadet de la famille à son match de football à plusieurs dizaines de kilomètres d'ici. Il était certain qu'ils ne rentreraient pas avant midi mais il voulait impérativement prendre soin de son ami dès maintenant, le plus rapidement possible. Il lui demanda de nouveau, en l'allongeant sur le canapé :

« Marcus, dis-moi ce qu'il s'est passé !

— Je… Je ne sais pas vraiment ce que c'était…

— De quoi tu parles ? Tu étais où ?

— C'était une surprise à la base, putain. Rien qu'une surprise… »

Et Marcus sombra dans l'inconscience durant de longues minutes.

CHAPITRE 2

Estheban avait connu Marcus alors qu'ils faisaient leur rentrée au collège : d'abord, leurs parents avaient sympathisé et, ensuite, ce fut le cas pour les deux adolescents. Au fur et à mesure de leurs journées partagées, ils se rendirent compte qu'ils avaient de nombreuses passions en commun. Malgré leurs caractères toutefois très opposés, chacun trouvait une solution au problème de l'autre. Estheban était plutôt réfléchi et méfiant, alors que Marcus était très aventureux et impulsif.

Leur amitié fut, les premiers mois, longuement remise en question voire très difficile : ils se brouillaient souvent pour des bêtises ou pour des histoires qui n'avaient aucun intérêt. La cause de leurs problèmes ? Leur entêtement. L'un comme l'autre, ils voulaient toujours avoir raison ou avoir le dernier mot.

Cependant, plus le temps passait et plus leur amitié devenait solide. Maintenant au lycée, il arrivait qu'ils ne se croisent pas pendant plusieurs jours ou plusieurs semaines. À cause d'emplois du temps divergents, ils faisaient leur vie chacun de leur côté mais sans jamais oublier l'autre.

Aujourd'hui, au début de l'été, c'était cette force amicale, presque fraternelle, qui allait permettre à Marcus de s'en sortir.

CHAPITRE 3

Assis sur le bout du lit, une bombe antiseptique dans une main et une serviette propre dans l'autre, Estheban se demandait si son ami allait se réveiller. Peut-être était-il tombé dans le coma ? Était-il inconscient ? Il n'osait pas le secouer, comme par peur de réveiller un mort, mais se rassurait en entendant battre son cœur encore et encore, de façon régulière. Ce son résonnait dans la pièce et, à un moment, la fréquence du battement devint plus rapide.

Un énorme cri. Marcus se réveillait enfin. Il exhibait de gros yeux globuleux, tous deux ancrés dans le vide. Une grimace d'effroi pouvait facilement se lire sur son visage endormi. Les premières secondes, il ne parvint pas à se lever mais, après quelques efforts, il se haussa sur ses jambes en se palpant les pieds, les bras et la nuque — comme s'il voulait vérifier que son corps n'était pas démembré. Il se rassit et s'aperçut que ses mains ne saignaient plus et que les blessures guérissaient déjà. Ses pupilles dilatées prouvaient que le jeune homme était loin d'être dans son état normal mais que son attention était encore assez vive : Estheban devinait bien que son ami avait énormément de choses à lui dire.

Mais ce qu'il avait à lui apprendre, justement, n'allait pas forcément le rassurer.

**

« Je voulais te faire une surprise pour le début des vacances. J'avais repéré un coin sympa à l'entrée de la ville, derrière le nouveau centre commercial. Y'a vraiment un beau terrain pour s'éclater en VTT. J'ai d'ailleurs croisé tes cousins en y allant, ce matin. Ils devaient encore fumer leur herbe en cachette. Quand ils m'ont vu, ils ont baissé le regard et ont remonté leurs capuches. Ils sont un peu bêtes, je trouve. Comme si noyer leurs problèmes dans la drogue allait leur permettre de changer leur vie... C'est presque pathétique ! »

Le discours de Marcus était un peu évasif. Mais, peu à peu, il reprenait ses esprits en faisant des pauses et en reprenant une respiration à peu près stable. Estheban l'écoutait attentivement, sans le couper.

« Je suis parti, à pied, vers sept heures. Ma mère n'était pas encore levée, alors j'ai laissé un mot sur la table et j'ai pris une briquette de jus d'orange au passage. J'y suis pas allé en vélo car je l'avais pas encore remonté de la cave. Je voulais t'attendre pour le faire, avec toi ça aurait été plus cool, tu comprends ? Quand je suis arrivé au niveau du grillage qui sépare le terrain vague de la route principale, j'ai remarqué une drôle de pancarte, dans le style *"Attention danger, entrée interdite"*. Je ne sais plus ce qu'il y avait de marqué, mais j'ai trouvé ça plutôt drôle. Ah ouais, je me souviens que ça m'a vraiment fait marrer ! »

Estheban le fixait, intrigué mais aussi légèrement apeuré. Son ami s'exprimait comme un robot, de la même manière qu'il pourrait lire un texte, en relatant les événements sans une once de naturel.

« J'ai escaladé la palissade et je me suis approché des premières dunes de terre. Les engins de chantier avaient laissé d'énormes crevasses. Certaines étaient profondes de plusieurs mètres mais j'arrivais quand même à me frayer un chemin pour avancer. Explorer un nouveau territoire me donnait du courage : j'avoue que j'avais franchement la trouille d'être tout seul, surtout au cœur d'un vaste terrain autant saccagé. Très vite, j'ai compris pourquoi personne n'était venu jusqu'ici. Et là je peux te dire que j'ai vraiment flippé. Des cadavres d'animaux. Y'avait des putains de cadavres partout... !
— Attends Marcus, calme-toi, l'interrompit Estheban. T'es vraiment sûr de ce que t'as vu ?
— Deux secondes. Je te demande deux secondes. Regarde mon téléphone. »

Il avait retrouvé un peu de son énergie et de sa fougue, et ne tarda pas à raconter plus en détails ce qu'il avait vu. Ou plutôt à montrer ce qu'il avait filmé.

CHAPITRE 4

La vidéo était floue et tremblotante, et le son était désactivé. Les deux jeunes garçons parvenaient à peine à distinguer le lieu où elle avait été filmée. Marcus disait qu'il aurait dû prendre le temps de cadrer correctement, histoire que l'option de réalisation audiovisuelle qu'il suivait au lycée lui serve un minimum. D'un commun accord, ils décidèrent de la regarder sur un écran plus large, le moniteur TFT de quatre pouces du téléphone étant trop étroit.

Les deux amis s'installèrent en vitesse sur le canapé et posèrent l'ordinateur portable sur la table basse, juste devant eux. Trouver le mot de passe fut un jeu d'enfant pour Estheban — l'appareil appartenait à sa mère et elle n'aimait pourtant pas trop qu'on l'utilise. Il tapa quelques mots et brancha le téléphone via un câble USB. Une fenêtre s'ouvrit pour afficher le contenu de l'appareil et ils cherchèrent la vidéo, sur laquelle un double-clic de souris l'exécuta sans attendre.

Comme ils s'en doutaient, elle était vraiment d'une qualité médiocre. Marcus fit une grimace et regarda son ami du coin de l'œil, comme s'il s'attendait à une réflexion presque provocatrice. Mais Estheban restait concentré sur la vidéo, qu'il faisait s'animer image par image.

« Regarde, là. C'est là. Regarde-les. » lui dit Marcus.

Malgré la pixellisation de l'image, on distinguait des dépouilles d'animaux étendues un peu partout sur des amas de terre et de sable. La photographie, en basse lumière, semblait presque monochrome.

« T'as vu, c'est comme je te l'ai dit ! Des crevasses énormes, partout ! » continua-t-il.

Estheban ralentit brusquement la lecture. Les brèches dans le sol terreux étaient bien là, mais autre chose avait retenu son attention : les cadavres étaient tous parfaitement alignés.

« On dirait que leur placement a été ordonné... comme s'ils avaient été rangés. » dit-il soupçonneux.

— Ouais, j'ai remarqué ça aussi, mais observe bien la suite, c'est encore plus bizarre ! »

Le jeune homme ne se fit pas prier et appuya sur le bouton ENTER du clavier. Immédiatement, la boîte entra dans le champ de la caméra. Elle était vraiment séduisante : d'une forme à fait classique, certes, mais les gravures étaient tellement... attirantes.

« C'est elle... » lâcha profondément Marcus.

Gisant au milieu d'une crevasse, le coffre, pas plus grand qu'une boîte à bijoux, était intact : pas une seule éraflure. Comme s'il avait soigneusement été posé là. Volontairement.

« Elle était si belle. J'ai pas pu résister, tu vois ! » s'excusa d'avance Marcus, en joignant ses mains. Son meilleur ami détourna le regard de la vidéo quelques instants pour le fixer, soucieux, puis repris la lecture en cours : la caméra laissa apparaître la totalité de la scène, qui faisait froid dans le dos.

Les animaux s'étaient tous affaiblis autour de cette boîte, les plus petits comme les plus grands. Chiens, chats et souris. Tous les corps de ces pauvres animaux formaient un cercle autour de cette boîte, sans pour autant la toucher. Elle arborait des dorures qui s'illuminaient légèrement face aux premiers rayons du soleil mais, profondément taillé dans la masse, un étrange symbole retenait encore plus l'attention des deux adolescents.

Estheban marqua un temps d'arrêt et réalisa un zoom numérique. C'était bien ça : le symbole gravé dans le bois de ce coffre était celui que chaque homme de cette Terre avait l'habitude de côtoyer, chaque jour, sur chaque appareil électronique. Marcus laissa de nouveau s'échapper un sentiment d'étonnement.

Un cercle brisé par une ligne. Le bouton "POWER".
Le symbole de la puissance.

* * *

« Qu'est-ce que c'est que cette boîte, Marcus ?

— Tu crois que c'est moi qui l'ai posée là ?! T'es en train de m'accuser ?!

— Je ne t'accuse de rien. Je dit juste que ce que l'on a vu est forcément une mise en scène !

— Non. C'est loin d'être ça. Regarde la suite et tu verras cette... Chose ! »

Estheban s'exécuta et relança la vidéo. À présent, on distinguait mieux la scène, Marcus ayant changé l'angle de vue de la caméra. Les premières lueurs de l'aube causaient quelques reflets lumineux sur la boîte, rendant le symbole au centre du couvercle plus étincelant encore. Sans surprise, Marcus "le casse-cou" s'approchait dangereusement du coffre.

Encore plus près.

Toujours plus près.

Et la Chose ne tarda pas à se montrer lorsqu'il dégagea l'objet du sol sableux : d'une main, il souleva le petit crochet qui empêchait l'entrebâillement du couvercle. Et la boîte s'ouvrit, provoquant un sifflement aigu qui semblait être un cri. Une lumière d'un bleu écarlate transperça l'écran et la vidéo se coupa brutalement.

« Comment ça se fait que la capture se soit arrêtée ? hurla Marcus. On n'a même pas eu le temps de voir !

— Parce que nous étions censés observer quelque chose ? »

Marcus ne pipa mot. Il était ébahi, la gueule ouverte, comme un vieux chien attendant son os à mâcher. Par la suite, il inspira lentement pour reprendre son calme et expliqua à son ami que la Chose lui avait sauté dessus. Que cet éclat lumineux intense lui avait brûlé les mains. Qu'il avait souffert le martyr. Qu'il avait eut beaucoup de mal à se détacher de cette boîte.

Parce que la Chose l'avait attrapé, piégé, et qu'elle ne voulait plus le lâcher.

Estheban était inquiet pour son ami. Très inquiet. Ce qu'il avait vécu l'avait bouleversé, l'avait changé, c'était maintenant inéluctable. Pourtant, il lui dit qu'il fallait qu'ils se préparent. Cette Chose, dans ce coffre, était peut-être encore là-bas.

*   *   *

Elle savait que l'Être reviendrait. Peut-être même accompagné. Et quand ce sera le cas, la Chose allait l'emprisonner. Ou les emprisonner.

Et cette fois sera la bonne : après ça, elle sera libre.

CHAPITRE 5

Il était un peu plus de neuf heures lorsque les deux jeunes garçons furent enfin prêts : lunettes de protection, gants, chiffons et petits instruments d'un kit de bricolage composaient leurs sacs à dos. Ils s'étaient mis d'accord sur le contenu de ces bagages très rapidement, en parlant du moyen qu'ils allaient utiliser pour s'approcher en toute discrétion et en essayant, aussi, de trouver des théories farfelues sur l'origine de ce coffre.

Aliens, complots, les hypothèses allaient bon train. Au fond d'eux-mêmes, les adolescents savaient que cette boîte et son contenu n'étaient pas de ce monde. Ils n'avaient pas tout à fait tort, mais cette chasse au trésor qu'ils allaient entamer n'allait pas être de tout repos. Marcus ajouta donc discrètement quelques barres chocolatées dans la poche extérieure de son sac à dos, histoire qu'ils ne manquent pas d'énergie...

Pour ne pas attirer l'attention, ils marchèrent assez vite, comme d'habitude. Ils empruntèrent les rues les plus fréquentées, comme d'habitude. Sur le chemin, ils ne rencontrèrent personne, comme d'habitude — l'heure matinale y étant sûrement pour quelque chose.

BZZZZ. BZZZZZ.

Le téléphone de Marcus s'était mis à sonner. Il le sortit de la poche arrière de son jean et répondit immédiatement. C'était sa mère, surprise du mot de son fils laissé sur le frigo. Elle voulait savoir à quel moment il allait rentrer, il lui rétorqua qu'il ne savait pas. Elle ronchonna un peu, mais raccrocha pratiquement au nez de sa progéniture. Il s'en amusa et continua sa route, accompagné par le sourire farceur de son meilleur ami.

* * *

Tous deux arrivèrent devant la fameuse pancarte accrochée au grillage. *"Zone interdite. Présence de corps explosifs. Tout contrevenant s'expose à des poursuites."* Les deux garçons rirent à gros éclats, provoquant le sursaut d'un homme qui passait à côté d'eux, son bâton de marche à la main et un chapeau de paille sur le crâne.

« Des explosifs ? À côté d'un centre commercial ? s'étonna Estheban.

— Ils n'ont rien trouvé de mieux pour dissuader les badauds... »

Ils avancèrent quelques dizaines de mètres contre le grillage et, arrivés à l'orée du bois Simbert, ils trouvèrent l'espace suffisant pour se faufiler de l'autre côté du mur métallique. Marcus n'était pas totalement sûr de lui, mais il suffit d'un geste approbateur d'Estheban pour le convaincre de le laisser prendre les devants.

L'adolescent conduisit son ami jusqu'à l'endroit où il avait trouvé le coffre. Il reconnu ses traces, laissées un peu plus tôt, mais s'étonna aussi de ces grosses empreintes accompagnées de petits trous. Quelqu'un d'autre était venu sur les lieux afin de s'emparer du coffre.

« Quelqu'un est venu se servir... constata amèrement Marcus.

— Mais quand ? Cela fait à peine quelques heures que le soleil est levé !

— La question n'est pas quand... mais qui !

— Qu'est-ce que tu veux dire ? demanda Estheban.

— Je veux dire que quelqu'un est venu ici il y a très peu de temps. Quelqu'un d'assez lourd pour laisser ces marquages dans le sol. Quelqu'un avec une canne ou un bâton assez fin pour laisser ces petits creux. »

Les deux garçons pensèrent à une seule et même personne. L'unique individu qu'ils avaient croisé sur le chemin. « L'homme au chapeau de paille ! »

* * *

Estheban courait bien plus vite que Marcus, qui était un garçon un peu enrobé. Pourtant, c'est à quelques secondes d'intervalle qu'ils arrivèrent à la rencontre de l'homme : grand, mince, avec son chapeau de paille écrasé sur le haut de son crâne, il portait aussi des chaussures de randonnée, toutefois assez classes et élégantes. Il entendit les deux garçons accourir jusqu'à lui et se retourna brutalement, en manquant de peu la bousculade.

Avant d'entamer la discussion, les deux garçons toisèrent l'homme d'un peu plus près : il était affublé de vêtements déguenillés et de petites lunettes crasseuses. Malgré cette première impression peu engageante, Marcus repéra une légère odeur qu'il avait l'agréable sensation de connaître.

« De la vanille, s'extasia-t-il.

— Pardon ? répondit l'homme, stupéfait.

— Mon ami et moi on était intrigué par votre... parfum !

— Mon parfum à la vanille ? Vous l'avez senti ?!

— Eh bien oui, on se demandait si...

— C'est moi qui me fabrique mon propre parfum, vous savez ? Par ailleurs, je produit moi-même mes huiles essentielles. C'est assez compliqué, mais avec un peu de patience et en appliquant les bonnes méthodes, on parvient au résultat voulu ! » renchérit l'homme en continuant de raconter sa vie et de parler de ses passions ; il parlait par moments de son chat, aussi.

Estheban et Marcus étaient étonnés de la tournure que prenait la conversation. Ils étaient trop bien élevés pour couper court au monologue de cet homme. Pourtant Estheban, réellement décidé à découvrir la vérité, ne s'attarda pas sur ces règles : quand il vit la forme de la boîte qu'ils recherchaient au fond du sac en plastique de l'homme, il s'empara du bagage et s'enfuit. Il s'enfuit aussi vite qu'il le pu, aussitôt suivi par son ami, et les deux jeunes adultes s'engouffrèrent dans le dédale des petites rues de la ville.

L'homme ne bougea pas d'un centimètre et ne chercha même pas à rattraper les voleurs. Il essuya d'un revers de main la sueur qui coulait de sa fausse petite moustache et, pour en ressortir un téléphone à clapet, plongea ses doigts moites dans la poche intérieure de son vieux blouson. Sans même regarder l'écran, il appuya sur plusieurs boutons et l'approcha de son oreille droite.

« Ici l'agent 77. J'ai retrouvé le Possesseur avec un de ses amis. Ils ont embarqué l'objet, comme prévu. Retracez-les, on lance la deuxième phase du Programme. »

CHAPITRE 6

Ambre n'était pas vraiment réveillée. La nuit avait été très courte. Trop courte. Elle avait enfilé des chaussettes basses, une petite culotte rose bonbon avec un débardeur blanc et se dirigeait vers la salle de bains quand plusieurs coups violents lui parvinrent depuis la porte d'entrée. Surprise, elle se demanda qui pouvait bien lui rendre visite à cette heure, surtout qu'elle n'attendait personne. Elle descendit les quelques marches qui donnaient sur le hall et regarda à travers le judas de la porte. Avec un petit rictus, elle ouvrit aux visiteurs.

« Estheban ? Marcus ? Mais qu'est-ce que vous faites là ? dit-elle, interloquée, en découvrant l'état de ses deux amis.

— Désolé, on doit vraiment te voir, on est dans la mouise, lui répondit Estheban.

— Ouais, Ambre, faut vraiment qu'on te parle, compléta Marcus.

— Vous venez chez moi comme ça, sans prévenir, alors que je suis à peine habillée ?! » s'énerva la jeune fille.

Les deux garçons n'avaient même pas remarqué la

tenue de l'hôte et leurs visages s'illuminèrent soudainement d'une légère rougeur, signe de leur confusion. Ambre le remarqua en ayant un petit sourire. Elle les pardonna bien vite et les invita à entrer puis à l'attendre dans le salon, le temps qu'elle aille rapidement se changer. Une fois qu'elle fut remontée seule dans sa chambre, elle pensa à la raison de leur présence chez elle. Peut-être avaient-ils des problèmes ? C'était fort possible, ces deux meilleurs amis n'étaient pas à leur coup d'essai. Elle s'apprêta d'une chemise aux motifs colorés ainsi que d'un jean slim et partit retrouver ses amis. Elle les surpris alors qu'ils regardaient la télévision.

« Qu'est-ce que vous faites ? demanda-t-elle.

— On s'informe, tout simplement, répondit rapidement Marcus.

— Arrête, gars, il faut lui dire. On s'est vraiment embarqués dans une histoire de dingue... compléta son ami.

— Comment ça ? Quelle histoire ? questionna-t-elle en constatant la boîte posée sur la table du salon. Et puis c'est quoi cette boîte ? »

Les garçons fusionnèrent leur attention sur la jeune fille et Marcus éteignit le poste de télévision. Il commença à expliquer à Ambre toute l'histoire mais fut coupé par Estheban qui, la main relevée, l'avait sèchement ordonné de se taire. L'adolescent, l'index posé sur ses lèvres, se leva du canapé sans un bruit en désignant une à une les fenêtres du salon. Ses deux amis comprirent, d'une traite, ce qu'il se passait : une ombre presque imperceptible volait de fenêtre en fenêtre. En faisant signe à ses deux camarades de le suivre, Marcus les accompagna dans le hall d'entrée, où la poignée de la porte commençait pivoter.

Quelqu'un vagabondait autour de la maison et cherchait absolument à rentrer.

CHAPITRE 7

La petite ville d'Antoine était nichée au cœur des montages d'Auvergne. Longeant la rivière de l'Eau-claire, cette ville s'étendait d'Ouest en Est sur plusieurs kilomètres, entre les plateaux de la Croix et les carrières de falun de Noyant.

La petite cité de caractère, telle que la nommaient les habitants, profitait d'un climat très agréable. Cependant, entourée par de nombreux massifs, elle était éloignée des autres villages et il fallait bien du courage à qui voulait s'aventurer sur ses chemins rocailleux.

Main Street était la rue principale d'Antoine : on y retrouvait l'église, le café, le restaurant et le cinéma — maintenant fermé depuis plusieurs années, suite à un violent incendie l'avait ravagé. Cette route, qui traversait toute la ville, répandait ses ruelles-racines vers le Nord : on y trouvait différents quartiers résidentiels plus ou moins excentrés du centre historique du village. Vers le Sud, l'Hôtel de Ville, l'école et le nouveau complexe commercial étaient les trois seules constructions modernes proche du Lac d'Antoine. Plus au Sud jusqu'à l'Est, on retrouvait le

Bois Simbert qui, d'année en année, s'éclaircissait. Cela était en partie dû à la déforestation, principale source d'emploi du village.

Ambre, Marcus et Estheban étaient tous enfants de parents divorcés. Les deux garçons vivaient chacun avec leurs mères et leurs jeunes frères, au Nord de la ville. Ambre, quant à elle, était fille unique. Avec son père, directeur de l'exploitation forestière d'Antoine, elle avait la chance de vivre proche du centre-ville, dans un ancien manoir du 18ème siècle.

Le rayonnement du soleil, ce matin-là, propageait des reflets orangés sur le toit de cette demeure. En effet, il était déjà bien levé lorsque le jeune groupe s'éclipsait par la fenêtre du premier étage, se servant de draps noués bout-à-bout comme instrument de fuite.

* * *

À présent, l'intrus défonçait la porte.

Il avait commencé par donner de violents coups contre la petite vitre teintée qui juxtaposait l'entrée de la maison mais, sans succès, s'était acharné sur l'épaisse porte en bois de la demeure.

Ambre avait poussé quelques cris de stupeur et était partie se réfugier au premier, montant quatre à quatre les escaliers. Elle fut aussitôt rejointe par Marcus, le coffre à la main, tout autant apeuré qu'elle. Laissant leur ami seul face aux craquements monstrueux du bois qui se déformait, ils avaient un peu honte, mais savaient que lui seul pouvait les sortir de cette situation.

« Pourquoi il ne s'attaque pas aux fenêtres ? hurla

Estheban depuis le hall.

— Je ne sais pas... lui répondit ridiculement Ambre.

— Ton père n'a pas fait installer d'alarme depuis le cambriolage ? demanda Marcus.

— Ah merde... C'est vrai, cria la jeune fille vers Estheban, il y a des alarmes aux fenêtres ! »

Aussitôt, ce dernier s'empara d'une chaise du salon et se précipita au premier rejoindre ses amis. Instantanément, il lança l'objet en plein dans la fenêtre de la chambre d'Ambre, qui se brisa en mille morceaux, faisant raisonner l'alarme à l'extérieur de la maison. Les bruits de casse du rez-de-chaussée s'arrêtèrent aussitôt, synonyme de la fuite de l'intrus.

Malheureusement, ce qui suivi étonna fortement nos trois héros. L'alarme s'arrêta d'un coup et le défonçage de la porte reprit de plus belle. Une brèche commençait maintenant à se former sur cet énorme morceau de bois massif.

Dans un hurlement de frayeur, Ambre se rua dans sa chambre — en tirant ses deux amis vers elle — puis la verrouilla. Car elle avait aperçu l'homme qui traversait le hall de l'entrée. Car elle avait distingué son sourire sournois. Car elle avait reconnu le symbole sur l'un de ses bras nus.

La marque du pouvoir.

CHAPITRE 8

Marcus s'était décidé à descendre en premier.

Il avait vraiment eu "une super idée", d'après Ambre, et même si Estheban restait prudent sur cette opinion, il fallait reconnaître que son ami était très débrouillard.

Pendant que les deux autres écoutaient à la porte et attendaient leur heure, il était resté en retrait et en avait profité pour récupérer tous les draps propres du placard de la jeune fille : il les avait noués ensemble de manière à former une longue corde. Au final, il utilisa presque tous les morceaux de tissu disponibles et ouvrit silencieusement la fenêtre. Les adolescents se trouvaient au premier étage de la maison et, de son perchoir, Marcus jugea la hauteur de chute. Il vérifia les nœuds une troisième et ultime fois, enroula le coffre dans un ballotin de tissu, le noua au bout de la corde et fit glisser leur seul échappatoire contre le mur extérieur.

Alors qu'il commençait également à descendre en prévenant ses deux amis, toujours ignorants de son plan car trop occupés par leur ravisseur, un bruit de pas lourd et cinglant s'échappa des escaliers.

L'intrus n'avait jamais été aussi près.

* * *

Ambre pleurait.
Ambre criait.
Ambre était tétanisée.
Le colosse l'avait attrapée.

* * *

Marcus et Estheban étaient sortis les premiers, Ambre ayant voulu s'échapper la dernière. Une preuve de courage, sûrement, venant d'une jeune fille qui avait souvent été délaissée par les autres. Une preuve d'amitié, probablement, envers ses deux amis, toujours présents dans les situations complexes.

La vie ne l'avait pas gâtée, c'est vrai. Elle et son père avaient été abandonnés, il y a plus de dix ans, par une femme qu'elle n'a jamais voulu et qu'elle refusera encore d'appeler "Maman".

Magdalena. Cette marâtre diabolique et tyrannique avait jadis vécu sous le même toit qu'Ambre, mais n'avait jamais été considérée comme faisant partie de sa famille. Elle vivait simplement sous la protection de son époux, Pierrick, qui en était jadis amoureux en n'ayant jamais renoncé au bonheur.

Jusqu'au jour où père et fille se réveillèrent sans Magdalena. Elle était partie, une nuit, en ne laissant aucune trace de sa courte vie dans la demeure. Pierrick décida alors de changer de vie, préférant l'amour de son enfant plutôt que celui d'un autre.

Et il avait vécu avec sa fille.

Heureux.

Jusqu'à ce jour où, en rentrant du travail, il l'entendit appeler à l'aide.

* * *

Estheban et Marcus se laissèrent glisser le long de la corde. Ce n'est qu'une fois arrivés en bas, leurs jambes flageolantes sur le plancher mouillé par la fraîcheur du matin, qu'ils prirent conscience de la détresse de leur amie.

Ambre se débattait et criait à pleins poumons. Elle s'était fait piéger par le colosse et ses deux camarades, en bas, étaient incapables de l'aider. Elle devait se débrouiller seule, sur ce coup là, et elle userait de sa seule arme : son cri. Il avait une résonnance particulière et elle se disait qu'il ne tarderait pas à inquiéter les voisins.

Au bout d'une dizaine de secondes, le colosse commença à desserrer sa proie, entendant une présence au rez-de-chaussée. Il se retourna, la jeune fille écrasée contre son torse, et se retrouva nez-à-nez avec Pierrick. Ambre écarquilla grand ses yeux : son père était là, une arme à la main, le canon à quelques centimètres seulement du visage du ravisseur de sa fille.

CHAPITRE 9

« Lâchez-la... » dit Pierrick sur un ton étonnamment calme.

Le colosse bougonna. D'infimes perles de sueurs coulaient le long de ses tempes.

« Je vous le répète, lâchez ma fille ! » retenta le tireur en armant le colt.

Le colosse décroisa ses bras, et Ambre parvint à s'échapper en donnant un violent coup de pied sur le mollet de son agresseur. Il s'étala, genoux à terre, les mains légèrement relevées.

« Qui est-ce qui t'envoie ? demanda le père d'Ambre.

— Vous ne vous en sortirez pas vivants... !

— Je t'ai posé une question, sale con ! Pour qui tu travailles ? s'énerva-t-il.

— Et moi je vous ai donné un conseil ! Vous devriez faire... »

BAM. Pierrick venait de tirer dans le plancher, entre les deux jambes du prisonnier.

« C'est moi qui suis plus en mesure de te donner des conseils. Lève-toi et va-t'en. Ne reviens jamais chez moi. Ne t'approche plus de ma fille et de ses amis. Jamais.

— Vous ne savez pas dans quoi vous vous embarquez, rajouta le colosse. Surveillez vos arrières... »

Et l'homme s'éclipsa par la porte de la chambre, aussi vite qu'il y était entré. Le paternel put enfin baisser sa garde et désamorcer son arme. Tout de suite, il alla à la rencontre de sa fille, cloitrée dans un coin de sa chambre devant sa collection de bandes-dessinées. Par mesure de sécurité, il garda son colt près de lui : il le glissa dans son ceinturon à l'arrière de son jean et le camoufla avec sa chemise.

Quelques secondes après, Estheban et Marcus se joignirent à cette petite assemblée. Ils étaient restés en retrait mais, encore sonnés par ce qu'il venait de se produire, s'avéraient aussi déçus de rien avoir pu faire pour secourir leur amie.

Mais ils avaient réussi à garder la boîte.

Et ça, c'était déjà une belle victoire.

* * *

Ambre avait recouvré ses esprits peu à peu. Avoir son père près d'elle lui signifiait beaucoup : cet événement allait incontestablement les rapprocher. Cette aventure, dans laquelle ils s'engageaient, n'était peut-être pas si inutile que ça...

Aidée par le soda frais que Marcus lui apporta, la jeune fille se releva légèrement courbaturée mais visiblement en bonne santé. Rassurée en voyant la boîte que Marcus protégeait fièrement, elle posa ensuite son regard sur son père. Ce dernier, qui avait remarqué l'étrange coffre que Marcus préservait avec autant de soin, ne tarda pas à se redresser et à demander des comptes aux adolescents.

« Les enfants, je crois que vous me devez des explications... »

CHAPITRE *10*

Les trois amis avaient tout raconté. Tout. Dans les moindres détails.

Marcus avait commencé par expliquer sa petite escapade matinale en solitaire. Ensuite, Estheban détailla la vidéo que son ami avait filmé et, pour finir, Ambre illustra le prompt débarquement des garçons dans la demeure familiale.

Pierrick les écoutait avec attention, mais l'incompréhension le gagnait. Il ne savait pas quoi penser : ce n'étaient que des adolescents après tout, leurs esprits pouvaient être très imaginatifs. Peut-être qu'ils avaient vu des choses inexpliquées et qu'ils voulaient simplement essayer de mettre des mots sur ces événements passés ? Pourtant, rien n'expliquait réellement la présence du colosse dans la maison.

« Et le colosse, lança-t-il, comment vous expliquez sa présence ?

— On ne sait pas, répondit Ambre. C'est peut-être

quelqu'un qui voulait voler la boîte ?

— Cela m'étonnerai qu'il est agit seul. Vous êtes vraiment sûrs que l'homme que vous avez rencontrés ce matin, les garçons, était... normal ? Pas de signes distinctifs particuliers ?

— Non... répondirent les intéressés.

— Il vaudrait peut-être mieux que j'appelle vos parents...

— Non ! s'exclamèrent les trois adolescents, dans une même voix.

— Oui, vous avez raison. Allons à la police directement alors...

— Non ! s'égosillèrent de nouveau les jeunes.

— On doit protéger ce coffre. Vous avez bien vu que d'autres personnes, pas forcément très commodes, veulent le dérober, répliqua Marcus.

— Oui, mais quels que soient vos détracteurs, ce coffre renferme quelque chose d'exceptionnellement étrange... Ce sont tes mots Marcus, je ne fais que te citer ! »

C'était perdu d'avance. Pierrick était résolu à refuser toute discussion. Pour autant, il eut une idée. Une idée qui pourrait leur permettre d'y voir plus clair. Une idée qui pourrait tout changer.

« Il y aurait peut-être une solution...

Les enfants relevèrent la tête. Une lueur d'espoir se lisait dans leurs yeux.

— Ambre, il est temps de rendre visite à ton oncle...

La jeune fille se figea.

« — Non, tu ne penses pas sérieusement à...
— Oh si, tu m'as très bien compris, dit-il en hochant la tête. Nous allons rendre visite à ton cher oncle Prescott. »

Pierrick, souriant, laissa les adolescents dans un embarras total. L'oncle Prescott aurait sûrement quelques conseils bons à donner aux jeunes aventuriers, et il savait déjà que cette visite fortuite allait être très surprenante et mouvementée...

CHAPITRE *11*

À l'arrière du cinéma, près du distributeur automatique de billets, la boutique du brocanteur Adam Prescott fourmillait de dizaines — de centaines ! — d'objets amassés au fil des siècles. Jouets, ustensiles de cuisine, fers à repasser, posters, l'enseigne était aussi pleine à craquer d'engins et de machines de tout genre et de tout âge. La devanture, attaquée par la corrosion, n'était plus vraiment digne d'en être une : ici, quelques planches de bois remplaçaient des vitres brisées, et là, l'écriteau rafistolé pendait dans le vide au bout d'une ficelle vieillissante.

Lorsque Ambre, son père, Estheban et Marcus arrivèrent face à cette étrange vitrine faite de bric et de broc, ils furent plus surpris que rassurés. Ambre n'avait pas prononcé un seul mot depuis leur départ précipité de la maison et cette situation l'embarrassait énormément.

C'est Pierrick qui alla ouvrir la porte, en invitant les jeunes à le suivre. Son sourire et sa main tendue vers eux ne pouvait que les rassurer... En passant l'entrée, tous comprirent qu'ils s'étaient totalement trompés, sur toute la ligne. Ce que renfermait cette boutique était bien plus précieux, bien plus fantastique que tout ce qu'ils avaient eu l'occasion de voir depuis leur naissance.

Une fois à l'intérieur, ce fut un déferlement de couleurs et d'émerveillement qui leur dilata les pupilles. Des milliers de petites lampes s'animaient dans tous les coins. Bleu. Jaune. Rouge. Vert. Des mécanismes vibraient au son des haut-parleurs placés sur une étagère au fond de la pièce. Au sol, beaucoup de jouets s'agitaient. En l'air, de nombreuses maquettes d'aviation tournoyaient. Cette caverne d'Ali-Baba était un véritable trésor au cœur de la ville d'Antoine. Éblouis, les adolescents redevenaient des enfants.

« Bienvenue chez moi, chers visiteurs ! » s'époumona un homme, derrière eux.

Tous quatre firent un bond à 360 degrés.

« Ambre... Pierrick... continua-t-il, surpris, mais qu'est-ce qui vous amène ici ? »

CHAPITRE 12

« Bonjour Adam ! » dit Pierrick, plein d'assurance.
Son interlocuteur resta de marbre, suspectant presque un canular. Sa moue indiqua qu'il ne voyait pas d'un très bon œil l'arrivée si hâtive de la petite troupe dans son magasin.
« S'lut Pierrick... » se résigna-t-il.

Les trois adolescents préféraient rester en retrait : ils se doutaient qu'une très vieille histoire, commune aux deux hommes, refaisait surface. Ambre avait bien une idée sur la question mais n'osait pas l'expliquer aux garçons.

« Qu'est-ce tu viens faire ici ? Qu'est-ce qui t'amène ? continua Adam, faisant mine de s'occuper de ses livres. La poussière qu'il enlevait de ses vieux ouvrages, dont certains dataient de plusieurs siècles, se collait à la peau de ses mains poisseuses.
— Je viens te rendre une petite visite avec les enfants...
— Après cinq ans d'absence ?
— Cinq ans, c'est peut-être un peu exag...

— Cinq ans ! C'est exagéré ? On habite la même ville et on ne se voit pas pendant cinq ans ?! s'exclama Adam, fou de rage.

— Bon, c'est vrai... Mais tu ne me comprenais pas à l'époque ! Mets-toi à ma place, un peu !

— Parce que "monsieur" ne voulait voir personne ? Parce que "monsieur" était trop occupé à se renfermer sur lui-même ? Tu as vécu trop longtemps seul...

— Oui ! Oui ! Tu as tout à fait raison. Mais comme tu me l'as toujours répété, le passé reste le passé... hein ?!

— Hum, oui, c'est vrai que c'était bien mon genre de dire ça quand on était mômes. Mais ça n'enlève en rien la douleur de ces longues années passées sans mon frère, sans toi... renchérit l'oncle Prescott.

— Laissons nos erreurs respectives derrière nous, tu veux bien ? J'ai, enfin nous, avons quelque chose à te montrer et une histoire à te raconter...

— Une histoire ? Quel genre d'histoire ? » s'intéressa Adam, assez dubitatif, en se rapprochant des enfants pour les prendre maladroitement un à un dans ses bras.

Alors que ce petit groupe était là, dans cette minuscule boutique, aucun d'eux ne se doutait qu'en ce moment même, un autre groupe bien plus grand, puissant et féroce se dirigeait vers eux.

* * *

La Chose attendait qu'on la libère. Elle attendrait encore. L'Être était toujours près d'elle.

Mais sûrement plus pour longtemps.

CHAPITRE 13

L'oncle Adam-Pierre Prescott — mais il préférait qu'on l'appelle seulement Adam — avait passé les cinq dernières années seul, dans son magasin. Comme l'expliquait à présent Ambre aux garçons, Pierrick et Adam s'étaient refusés tout contact peu après que Magdalena soit partie. Les deux hommes, frères de cœur et de sang, ne s'étaient que très rarement revus depuis que cette mégère avait quitté la ville : ils étaient restés dans leur coin en préférant, chacun de leur côté, vivre dans leur tristesse plutôt que d'assumer l'évidence de leur fraternité.

Pourtant, aujourd'hui, même si les traces du passé étaient toujours là, c'était comme si plus rien n'était d'actualité, comme si presque tous leurs maux avaient disparus.
La tristesse s'effaçait pour laisser placer à la joie.
Le passé s'éclipsait pour laisser place au futur.

* * *

« Marcus ! Amène la boîte ! » ordonna Pierrick.

Accoudés sur le petit bar dans le seul angle du magasin qui ne soit pas encombré, les trois enfants examinaient le coffre avec un œil toujours aussi admiratif. Les deux adultes, quant à eux, étaient assis sur les tabourets de bois qu'ils avaient récupérés dans l'arrière boutique.

Une fois qu'il se fut assuré d'avoir verrouillé la porte et d'avoir placé la pancarte d'accueil sur la face "Désolé, nous sommes fermés", l'oncle Prescott se pencha sur la boîte. D'un claquement de doigt, il éteignit tout son magasin : le coffre émit alors ses lueurs bleues, projetant des scintillements un peu partout. Adam enfila son appareil équipé d'une loupe grossissante et d'une mini lampe-torche, enroula la sangle autour de son cou et commença son inspection.

« Voyons cela... Cette boîte pèse environ un kilo, pour des dimensions assez communes aux coffrets à bijoux. Environ vingt par vingt par dix. Elle est composée d'un unique matériau mais notons la présence de ce système de crochetage en fer blanc. On va maintenant procéder à l'ouverture de la boîte...
— Non ! Surtout pas ! s'exclama Marcus, faisant sursauter ses compagnons. Surtout, ne l'ouvrez pas !
— Pourquoi ? demanda Prescott, déconcerté.
— Il y a quelque chose à l'intérieur... Quelque chose de précieux !
— Bon, si vous le dites, se vexa Adam. Je vais, cependant, devoir procéder à l'examen du matériau. Il me

semble trop dense pour être de l'acajou et trop lourd pour être de l'ébène... »

L'oncle Prescott s'empara subitement d'un outil électrique. Il appuya sur la gâchette et commença à approcher, d'un geste serein et prudent, l'instrument de la boîte. Dès qu'il eut posé la lame vibrante sur le haut du coffre, son outil s'arrêta de fonctionner dans un grésillement instable en libérant quelques étincelles.

« Mais qu'est-ce que... ?! s'interrogea Adam. Tous cinq étaient perplexes.
— Peut-être qu'elle s'est protégée... ? continua Estheban.
— Protégée de quoi ? De cet outil ? rigola Pierrick. Arrête tes bêtises Estheban, cette boîte ne peut pas être...
— Vivante ? Oh que si elle l'est... » conclut Marcus.

C'en était trop pour Adam. Toute cette histoire n'avait ni queue ni tête. Il alluma les lumières pour mettre un terme à ces idioties, sous le regard ahurit de son frère et des trois enfants. Pourtant, alors qu'il tenait la boîte entre ses mains pour la ranger dans un sac, il sentit du bout des doigts de nombreuses gravures sous le socle.
C'est en retournant la boîte qu'il comprit.
Qu'il comprit qu'elle ne venait pas d'ici.
Pas de cette ville.
Pas de ce continent.
Pas de cette Terre.

* * *

« Mais non, Pierrick ! Non ! Tu ne comprends pas ! » s'époumona l'oncle Prescott.

Décidemment, son frère ne voulait plus rien savoir. Il refusait de voir la vérité en face.

« Comment peux-tu prétendre que cette boîte ne vient pas de notre monde ?! répliqua Pierrick. Qu'est-ce que les enfants vont en penser ? Il faut arrêter de leur coller des idées comme ça dans le crâne... ! »

Les enfants, justement, étaient retranchés dans l'arrière boutique. Ils pouvaient toutefois très bien entendre la discussion qui se déroulait dans la pièce d'à côté. Dès qu'ils constatèrent que la conversation prenait un tout autre tournant, ils décidèrent, ensemble, d'aller mettre un terme à l'effervescence qui gagnait les deux adultes.

« Je te le répète Pierrick... Le matériau qui compose cette boîte m'est totalement inconnu ! Ce n'est ni du bois, ni de l'acier. C'est quelque chose d'autre, quelque chose qui est à la fois indestructible et inexplicable ! Et ces gravures, je n'ai jamais, absolument jamais, eu connaissance de symboles comme ceux-là ! »

Pierrick ne répondit rien. Il n'avait plus la force de parler. En voyant sa fille et les deux garçons revenir vers eux, il préférait mettre fin aux divergences d'opinion. Ne sachant que faire, il demanda aux enfants ce qu'ils en pensaient.

« On est de l'avis d'Adam, papa. Comment pourrais-tu croire que cet objet soit ordinaire ? »

Ambre ne croyait pas si bien dire : ce coffre n'était pas banal et la Chose qu'il renfermait ne l'était pas non plus. En émettant ses lueurs bleues, cette dernière avait pourtant tenté de les avertir, mais c'était bien trop tard.

Les Autres arrivaient.

CHAPITRE *14*

La vitrine du magasin vola en éclats, projetant les enfants au pied des étagères qui occupaient le fond de la pièce. Pierrick et Adam furent éjectés contre le bar qui céda sous le choc de l'explosion et la boîte, encore dans son bagage, fut recouverte de décombres.

Une fois la première impulsion passée, un second fracas parvint à l'oreille des accidentés : la porte fut éventrée et des bruits de pas résonnèrent. Dans le vacarme métallique qui régnait encore, Pierrick parvint à se relever. Il alla immédiatement voir les enfants et les aida à reprendre leurs esprits. Par chance, Estheban et Ambre n'avaient que quelques égratignures.

Marcus et Adam, eux, ne bougeaient plus.

* * *

Un ricanement suffit à Pierrick pour savoir qui allait émerger de la fumée : ce rire strident appartenait à une femme qu'il avait bien connu.

Alors qu'il aidait Estheban à mettre à l'abri Marcus et Adam, qui étaient inconscients, il empoigna Ambre et la tira vers lui. Elle aussi avait reconnu cette voix qui l'avait complètement anéantie, quelques temps auparavant.

« Bonjour Pierrick. Je t'avais manqué ?! » plaisanta Magdalena.

CHAPITRE 15

Lorsque l'obscurité provoquée par la fumée laissa enfin sa place à la lumière, Pierrick et les deux adolescents se retrouvèrent piégés, entourés par une petite armée. Magdalena, l'ex-femme de Pierrick, qui semblait être la chef de file, était accompagnée de deux hommes. Le premier, grand et mince, provoqua une sensation étrange à Estheban — encore un peu sonné, il lui était difficile de mettre un nom sur ce visage pour le moment. Le deuxième homme, musclé et balafré, paraissait quant à lui très peu commode.

« Trois contre trois. Plutôt équitable, non ?! » renchérit Magdalena.

Peu amusé par la situation, Pierrick lança un dernier regard à l'arrière boutique : derrière le rideau de tissu qui, à cause de l'explosion, s'effilochait et se consumait lentement, les deux corps d'Adam et de Marcus gisaient, inertes.

« Qu'est-ce que tu fais là, toi ? s'inquiéta-t-il.

— Comment ça "toi" ? Tu ne m'appelles plus ma chérie ? s'offusqua la femme.

— Oh que non, mais tu peux toujours espérer. Écoute Magdalena, je n'ai pas de temps à perdre. Dis-moi ce que tu me veux... »

La belle dame frappa deux fois dans ses mains. Elle fit également quelques pas pour aller à la rencontre de Pierrick et se posta à quelques centimètres de lui, en empoignant son menton d'une puissante main osseuse. Ses ongles vernis de couleur noire sentaient l'alcool.

« Ce que je veux ? Tu me demandes ce que je veux ? ricana-t-elle. Demande plutôt à ce jeune homme. Lui, il le sait ce que je veux... »

Le père d'Ambre se tourna vers Estheban, dont la mémoire revenait peu à peu. Fixant le garde qui l'intriguait depuis plusieurs minutes, le garçon savait à présent de qui il s'agissait : son parfum si particulier embellissait l'odeur de cendre qui régnait dans les décombres du magasin.

« C'est lui, Pierrick. L'homme au chapeau de paille ! » s'écria-t-il.

Et c'était reparti : Magdalena recommençait à ricaner, usant toujours de la même gamme d'aigus. Cette raillerie commençait très sérieusement à agacer Ambre, qui ne tenait plus en place.

« Bravo, bravo, bravo ! Quelle perspicacité, cher

Estheban ! félicita Magdalena. Mais, qui vois-je donc là... ? Serait-ce ma chère et tendre fille ? »

La "chère et tendre" ne put se retenir plus longtemps. Elle cria et fondit en larmes, tapant des pieds et des mains contre sa mère, qui était venue vers elle.

« Vous n'êtes pas ma mère ! Vous ne pourrez jamais l'être ! Vous nous avez abandonnés... Ce que vous nous avez fait, à moi et mon père, est d'une cruauté sans nom ! » hurla-t-elle, furieuse.

Son interlocutrice se laissa faire, encaissant les coups sans aucun mal. Car Magdalena était en réalité bien plus forte que son apparence le laissait croire : ses cheveux blonds et sa silhouette faisaient penser à une femme fragile, mais sa détermination et son énergie étaient en réalité extrêmement redoutables. En repoussant brutalement Ambre, elle fit un demi-tour sur elle-même. Son attitude et sa posture changèrent alors radicalement.

« Assez rigolé, les gars fouillez-moi ce bazar ! beugla-t-elle à ses deux comparses. Et vous... vous... continua-t-elle en fixant les enfants, dites-moi où est cette putain de boîte... ! »

CHAPITRE *16*

Les deux hommes de main de Magdalena soulevaient tous les débris. Ils inspectaient chaque centimètre carré de la boutique à la recherche du moindre indice, en chargeant encore plus l'air de la pièce de poussières et de cendres. Bien heureusement, ils n'avaient pas regardé sous le meuble effondré dans le fond du magasin...

Au milieu de toute cette agitation, Pierrick et les adolescents étaient terrorisés.

« Alors mes petits, reprit Magdalena après s'être calmée, que savez-vous au sujet de cette boîte ? Comment l'avez-vous trouvée ? »

Voyant que ni sa fille ni Estheban n'osaient ouvrir la bouche, elle les força à parler avec, comme toujours, une manière bien à elle d'être convaincante.

« Dis-moi ce que tu sais, souffla-t-elle à l'oreille du jeune homme. Tu ne voudrais pas qu'il arrive malheur à ta petite copine juste à côté, cela serait vr...

— On ne sait strictement rien, rien du tout. Laissez-nous tranquille. »

Estheban en avait plus qu'assez de cette ambiance lourde et pesante. Peut-être que cette conversation allait pouvoir lui en dire plus sur ce coffre, après tout. Il fallait simplement qu'il tourne la situation à son avantage...

« Expliquez-nous. Vous avez l'air d'être plus informée que nous sur le sujet ! continua-t-il.
— Moi ? Informée ? Tu vas rire mais au regr...
— Arrêtez vos conneries. J'irai droit au but : on fait un deal. Vous nous dites ce que vous savez, on vous dit où est la boîte. C'est donnant-donnant, même si vous avez bien plus à y gagner que nous ! »

Le sifflement de Magdalena fut immédiat : sa troupe rappliqua dans la seconde. Estheban savait pertinemment que ce qu'il avait fait risquait de mettre en péril toute leurs recherches, peut-être même leurs vies. Mais c'était, à ce stade, la seule façon d'en apprendre un peu plus sur le coffre.

« Très bien Estheban ! Quelle belle prise d'initiative, je suis fière de toi ! complimenta la mégère. Maintenant que nous sommes d'accord, je crois que nous devrions repartir sur de bonnes bases... ! »

CHAPITRE 17

« Avant que nous ne parlions affaires, permets-moi de te présenter mon équipe. Voici l'agent 77, à ma gauche. Il me semble que vous vous êtes déjà rencontrés, n'est ce pas...? »

L'homme s'avança d'un pas. Il tendit la main vers Estheban, ses doigts gantés d'une épaisse couche de cuir, en espérant que celui-ci la lui serre. En vain, comprenant qu'il n'obtiendrait pas de réponse, l'homme se ravisa. Magdalena, gênée, continua son discours.

« Hum... À ma droite, il s'agit de l'agent 88 : cela fait plusieurs années que nous travaillons ensemble et il m'a toujours accompagné et soutenu dans mes choix. N'est-ce pas partenaire ? »

L'agent en question sourit bêtement, mais sa mimique décontractée dévoilait une certaine attirance envers sa collègue. Attirance qui s'avérait réciproque car la femme lui retourna un baiser.

« Quant à moi, je ne crois pas qu'une présentation soit nécessaire... Ambre t'a déjà sûrement dit quelques mots à mon propos. Néanmoins, il ne faut pas toujours croire ce que les enfants racontent... poursuivit-elle en murmurant.

— C'est bien beau, tout cela est charmant, mais dites-nous une fois pour toutes ce que l'on veut savoir... s'impatienta Ambre.

— J'allais y venir, ma chérie. Malgré les années tu n'as vraiment pas changé... Indéfiniment énergique et éternellement motivée ! » termina sa mère.

Toujours en souriant, elle sortit un papier de la poche arrière de son jean et le brandit telle une preuve accablante que l'on présente devant un tribunal. Pierrick retint son souffle, tout comme les enfants.

« Si vous tenez réellement à savoir ce que ce coffre renferme, je vais vous le dire. Mais, comme convenu, vous devrez me révéler l'endroit où vous l'avez caché. Aussi, je vais vous lire ce papier. Ce papier qui m'autorise à vous tuer, peu importe le motif, si je pense que vous me mentez. Ce papier qui m'autorise à vous abattre, le plus froidement possible, si je crois que vous ne serez pas en totale capacité de garder le secret du coffre de Pandore. »

CHAPITRE *18*

Magdalena, sûre d'elle, entra dans une allocution qui sembla très courte. Pourtant, pendant ces quelques minutes où l'on entendrait plus que la voix railleuse d'une femme aigrie et irritable, la Chose allait être libérée.

* * *

« J'étais encore en cours quand j'ai lu mes premiers articles sur cette boîte. Bien malgré moi, ils furent les premiers d'une longue liste, commença Magdalena. Ce qui m'a intrigué, c'est que ce coffre était passé dans les mains de beaucoup de grands hommes de notre Histoire, sans jamais qu'on en connaisse ni la nécessité ni la valeur. À chaque fois, dès que son possesseur mourrait ou perdait sa notoriété, la boîte disparaissait sans laisser de traces. Et elle revenait, quelques années plus tard, sur une photo ou sur une gravure... »

La femme narrait avec une pointe d'émotion dans la voix. C'était son histoire, à elle, et son auditoire était suspendu à ses lèvres.

« La vérité, c'est que cette boîte n'a pas d'origine. On ne sait pas d'où elle vient, on ne sait pas ce qu'elle vaut. Mes amis et moi, ou devrais-je dire mes collègues et moi, avons longtemps cherché la source de cette boîte, l'endroit où elle aurait pu naître. Nos efforts ont toujours été vains... Au bout de plusieurs mois de recherches et de voyages, nous avons décidé de former le Programme. Aidés par la société privée pour laquelle nous travaillions, nous avons présentés notre ambitieux projet devant plusieurs hauts responsables de l'Etat, s'enthousiasma Magdalena. Sans le savoir, nous venions de démarrer une quête qui ne s'est toujours pas achevée...

— Est-ce que c'est ça qui t'a fait partir, Magdalena ? Est-ce que c'est ce Programme qui t'a complètement transformée ? demanda Pierrick, vexé.

— Entre autres choses, oui. J'ai toujours voulu partir, Pierrick, et un jour j'ai eu la force de le faire ! Quelque chose de bien plus fantastique m'attendait... ! »

Le père de famille s'effaçait. Son visage se décomposait. Ambre le serra dans ses bras, lui apportant un peu de réconfort et de chaleur humaine.

« Ensuite, nous avons intégré de nouveaux locaux. J'étais frustrée de cette aventure dans laquelle je m'embarquais, je ne savais pas à quoi m'attendre... Surtout que nous n'avions aucune idée de la puissance de ce coffre ! Les mois passèrent et nous récupérions des photos, des textes, des éléments qui prouvaient de son existence mais qui ne permettaient pas de retrouver sa trace. Un jour, j'ai rencontré un mathématicien qui m'a expliqué que ce coffre devait avoir une signature : selon lui, on apercevait une lueur sur plusieurs photographies qui, dès son activation, pourrait émettre un signal particulier inaudible par l'homme... mais pas par des machines. Je l'ai invité à prendre part à notre aventure et nous avons vu défiler les années dans l'espoir que ce coffre nous parle... »

Estheban était ébahi de la précision et de la clarté des propos de Magdalena, il n'en attendait pas moins d'elle. Impatient, il voulait connaître la suite mais restait toujours sur ses gardes. La mère d'Ambre ne demeura pas bien longtemps silencieuse.

« Ce matin, quand vous l'avez ouverte, elle a émis le signal que l'on attendait, poursuivit-elle. Le problème, c'est qu'il a rapidement grillé tous nos instruments : dans la précipitation, nous avons seulement eu le temps de récupérer quelques données. Quand nous les avons analysées, nous avons compris pourquoi tant de grands hommes l'ont utilisée. Nous avons compris pourquoi tous les possesseurs de ce coffre sont devenus fous ou ce sont suicidés. Ce coffre, les enfants, est une arme d'une puissance redoutable. Il se nourrit de votre énergie pour vous pousser à faire de grandes choses, pour vous forcer à assouvir votre soif de pouvoir... »

CHAPITRE 19

Pierrick était complètement ravagé par le désespoir alors qu'Ambre rigolait de la situation. Estheban était en retrait, agenouillé, dos au mur, la tête dans les mains.

« Tu... Comment peux-tu... Mais c'est une blague ?! » s'affola Pierrick.

Son ex-femme nia d'un signe de la tête.

« Ce coffre peut vraiment tuer ? s'alarma Estheban.
— C'est bien ce que j'ai dit, oui, répondit placidement Magdalena.
— Mais comment est-ce possible ? Ce n'est qu'un vulgaire coffre ! Vous nous embrouillez les idées plus qu'autre chose...
— Eh bien j'en suis désolée, mais c'est la vérité. Ce coffre a beau être "vulgaire", il renferme quelque chose de bien trop puissant pour vous. Tu comprends pourquoi nous voulons le récupérer ?
— Le récupérer pour l'utiliser ? C'est ce que vous

voulez en faire ? fulmina Ambre.

— Pour l'étudier. Nous voulons l'étudier, rétorqua sa mère en souriant exagérément.

Les deux collègues de Magdalena recommencèrent à fouiller le lieu. Elle, qui restait plantée là au milieu de la pièce, glissa sa main droite à l'intérieur de son manteau en toile cirée et en sortit un pistolet armé de son silencieux.

« Il y a une seule question qui subsiste encore : serez-vous capables de garder un tel secret ? J'imagine aussi que vous allez me révéler l'endroit où vous avez caché le coffre. Enfin j'espère que vous allez le faire. Ça me gênerait tellement d'abîmer de si jeunes et jolis minois... »

* * *

Un violent éclair bleu éclata dans l'arrière boutique. Alors que Magdalena menaçait de faire usage de son arme, le rayon de lumière lui perça les rétines : il finit par s'effacer, dans un violent bruit d'implosion, laissant place au silence et à la stupéfaction.

L'ex-femme de Pierrick, affaiblie, avait reculé de quelques pas pendant qu'Estheban saisit la chance qui s'offrait à lui : il bondit au fond du magasin et déblaya les morceaux de plastique calcinés. Le sac en toile blanche était toujours là, sous le bar en bois, mais, éventré, il avait perdu son contenu. Le jeune homme fila vérifier l'arrière boutique et, là encore, il fut sidéré : son ami avait disparu. Marcus s'était volatilisé, laissant le corps endormi d'Adam seul dans cette petite pièce.

Vite rejoint par Ambre et son père, Estheban

accordait de moins en moins de sens à la réalité, ne sachant plus agir de façon rationnelle face aux situations qu'il rencontrait. La tournure que prenait leur escapade ne présageait rien de bon pour la suite, les circonstances n'ayant jamais été aussi graves.

Le coffre de Pandore avait disparu. Et il avait emmené Marcus avec lui.

* * *

En réalité, c'était Marcus qui avait emporté le coffre. Il s'était réveillé peu de temps après que Magdalena a commencé son discours : en se relevant, il veilla à ne pas faire un seul bruit, dans cette pièce où l'obscurité était presque totale.

Il avait attentivement écouté ce que la femme disait, jusqu'à ce qu'il ait l'opportunité d'agir : lorsque la mère d'Ambre — il venait de comprendre qui elle était — avait terminé son discours, le jeune garçon s'était faufilé entre les débris. Il avait enjambé le corps de l'oncle Prescott, non sans mal, et était passé dans l'autre pièce. Protégé par les cendres encore rougeoyantes, qui créaient un léger écran de fumée, il avait étendu son bras frêle pour attraper le sac en toile sous le bar écroulé. La première tentative pour ramener le coffre vers lui fut un échec, le sac en toile s'était déchiré. La seconde fut la bonne : il reparti à reculons, la boîte entre ses deux paumes.

Une fois hors de danger, il la posa sur ses genoux et l'ouvrit.

* * *

L'Être avait libéré la Chose.

Il lui demanda de lui montrer le chemin, de l'emmener là où elle voulait aller.

Elle obéit sans rien demander en retour. Ou presque.

CHAPITRE *20*

Magdalena était furieuse contre ses collègues, qui n'étaient pas venus la secourir et qui n'avaient pas remarqué la fuite de Marcus. Les deux hommes, penauds, ne savaient plus où se mettre. La honte les rongeait peu à peu.

Soudain, celle qui était la responsable du Programme enclencha son arme.

« Fini de rire les mioches, brailla-t-elle. Je vais vous emmener faire une petite balade ! Vous allez me retrouver ce coffre, illico presto ! »

* * *

En sortant du magasin, Ambre et Estheban furent invités — obligés — à monter à bord d'une berline noire. Pierrick, lui, embarqua dans une camionnette grise. Et Adam fut laissé là, seul, au milieu de son magasin qui se consumait lentement.

***

La berline, conduite par Alex — l'homme au chapeau de paille —, avançait tranquillement sur Main Street. Les deux adolescents semblaient dépassés, apeurés, fatigués mais chuchotaient sans que leur chauffeur ne les surprenne. Ils étaient suivi par la camionnette grise où une ambiance totalement différente régnait : Pierrick avait été menotté par Max, le deuxième serviteur de Magdalena, qui guettait chacun de ses mouvements. Sa teigne de patronne s'était installée à ses côtés, au volant.

Le petit convoi se dirigeait vers la sortie de la ville où les attendaient deux jets privés, dépêchés avec hâte par leur employeur. Pourtant, ils ne parvinrent jamais jusqu'à l'aérodrome.

Il était exactement midi pile — les cloches de l'église sonnaient leurs douze coups — lorsque les deux véhicules s'encastrèrent dans le Mur. L'étrange paroi bleue venait d'encercler toute la ville, à présent coupée du monde extérieur.

CHAPITRE 21

Sur la route principale, un petit groupe de personnes s'était amassé devant l'immense fortification à peine translucide. Quelques inconscients osèrent même poser leurs mains contre ce Mur ou essayèrent de forcer la traversée, mais sans beaucoup de résultats ; il était véritablement impossible de franchir cette clôture, apparue là en quelques dixièmes de secondes.

Comme beaucoup le remarquèrent, cette muraille n'avait pas pris d'assaut que les routes : les terres, la forêt et le lac furent également coupés. Il en était de même pour les bâtiments et les clôtures. Certains disaient avoir vu ce Mur tomber du ciel et avoir ressenti une grande bouffée de chaleur, alors que d'autres parlaient d'un puissant rayon lumineux venu du ciel.

Tout le monde bavardait et s'exprimait ; les rumeurs allaient bon train. Pourtant, personne n'avait remarqué les deux véhicules accidentés, près de la sortie Ouest de la ville. Eux aussi, malheureusement, s'étaient fait piéger par ce Mur.

***

Ambre et Estheban s'extirpèrent très rapidement de leur berline. La chance était de leur côté car seules quelques égratignures les marquaient ici et là, sur les bras et les jambes. Sans un regard ou un soupçon de pitié pour Alex, ils préférèrent aller porter secours à Pierrick.

La camionnette s'était échouée un peu plus loin, dans les parcelles de vignes, après plusieurs tonneaux. En s'approchant, les enfants entendirent des cris de souffrance : Magdalena pleurait la mort de Max, pour qui l'Airbag n'avait pas fonctionné — sa tête s'était retrouvée dans le pare-brise, couvrant de sang la tenue de sa collègue. À l'arrière, le père d'Ambre, agacé, essayait tant bien que mal de se débarrasser de ses menottes. Les enfants vinrent à sa rescousse.

« Papa ?! Est-ce que tout va bien ? s'inquiéta la jeune fille.

— Oui, oui, ça va... Y'a juste ces fichus menottes qui m'ont cassé le poignet, mais sinon tout va bien ! répondit-il, énervé. Magdalena, donne-moi cette foutu clé ! S'il te plaît ! »

La femme, le visage décomposé, pointa d'un doigt faiblard le corps inerte de son collège. Pierrick l'examina du regard et fouilla les poches intérieures du blouson de cuir de Max. Il en ressortit la clé avec, en prime, quelques gouttes de sang qui tâchèrent son tee-shirt.

Ereinté, il s'acharna une dernière fois sur les menottes, qui cédèrent en un tour de main. Il fut ensuite aidé par Ambre, qui le sortit en vitesse de la carcasse grise.

Magdalena, pleurnichant toujours, observait la scène avec un air de mépris et de dégoût total. Estheban put lire en elle comme dans un livre ouvert : elle n'attendait qu'une chose, la vengeance.

« Préparez-vous au pire, gamins... Votre copain possède le coffre, mais ce sera bientôt l'inverse ! Avec ce qui se prépare, ce petit jeu va bientôt prendre fin... »

Au même instant, une déflagration s'échappa du centre ville, créant un léger séisme. Une intense boule de lumière grimpa dans le ciel jusqu'au dessus des nuages, pour redescendre en des milliers de rayons bleus qui s'abattirent à la verticale, sur le Mur.

CHAPITRE *22*

Estheban, Ambre et Pierrick laissèrent derrière eux les véhicules bien amochés ainsi que les membres blessés du Programme. Comme la plupart des autres passants, leurs regards étaient figés vers le ciel : ce ciel si beau, avec ses centaines d'étoiles qui filaient vers la terre. Tels des feux d'artifices, elles s'affaiblissaient au fur et à mesure de leur approche du Mur. Lorsqu'elles atteignaient enfin leur destination, elles se répandaient sur la surface semi-opaque pour y décharger leur puissance.

« C'est tellement magique... pensa Ambre, tout haut.
— C'est presque irréel, affirma son père.
— Oui, mais c'est un peu comme le calme avant la tempête. » finit Estheban.

Et il ne pouvait pas si bien dire : un peu plus d'un kilomètre devant eux se déroulait une bataille infernale, entre un homme et une entité. Sur le terrain vague, près du centre commercial, Marcus luttait avec acharnement pour fermer le coffre qui refusait obstinément de répondre à ses ordres.

* * *

La Chose avait aidé l'Être. Il lui était redevable. Maintenant, pour survivre, elle devait le posséder.

* * *

Estheban et son amie continuèrent sur Main Street pendant que Pierrick alla jeter un coup d'œil à la boutique de l'oncle Prescott. Il en revint en signalant aux enfants que son corps n'était plus là, sûrement parce qu'il avait été pris en charge par un médecin. Le père d'Ambre avait couru, la sueur commençant à couler sur son front jusque dans son cou.

Ils arrivèrent ensemble près du terrain vague et, alors qu'un autre rayon lumineux fut lancé depuis les entrailles de ces amas de terre retournée, ils rejoignirent l'accès de fortune qu'Estheban avait déjà emprunté un peu plus tôt dans la journée. Sans prêter attention à la plaque d'avertissement, ils passèrent le grillage sans trop de complications. Une fois à l'intérieur de cette clairière défigurée, tous trois cherchèrent du regard la plus profonde crevasse, le rythme d'émission des rayons se faisant de plus en plus rapide.

Ils trouvèrent enfin Marcus, seul, assis en tailleur au centre des cercles formés par les cadavres d'animaux. Sur ses genoux était posée la boîte : ouverte, elle propageait cette invulnérable lumière bleue, qui filait droit au ciel, bien au-dessus des nuages.

Soudain, ses membres se mirent à trembler et ses

yeux roulèrent dans leurs orbites. Le jeune homme semblait être envoûté.

« Qu'est-ce qu'elle lui fait ? s'angoissa Estheban.
— Je n'en sais rien, répondirent en cœur Ambre et son père.
— Marcus, tu nous entends ? Tu nous vois ? » tenta la jeune fille, sans succès, en agitant les mains devant les yeux de son camarade.

Elle essaya ensuite de le gifler, mais ce fut une très mauvaise idée : à peine eut-elle touché la joue de son ami qu'elle reçu une décharge électrique, qui l'expulsa en arrière. Elle put tout de même se relever, prise de légers vertiges.

* * *

Les amis de l'Être étaient là et ils demandaient à lui parler.
Mais la Chose refusa catégoriquement.
L'Être était à elle. Et à elle seule.

* * *

Durant de longues secondes, alors que Marcus continuait à frémir au rythme du rayon lumineux, Pierrick et les enfants tentèrent par tous les moyens d'appeler à l'aide. Mais ni leurs cris, ni leurs pleurs ne parvinrent à amasser la foule, plutôt accaparée par l'idée de trouver une sortie à cette muraille qui avait encerclé la ville.
Le redoutable faisceau lumineux continuait, encore et

toujours, de puiser l'énergie du jeune homme, assis au beau milieu de ce terrain jadis recouvert de verdure — aujourd'hui fait de boue et de roche. Le possesseur du coffre s'affaiblissait, de minute en minute, de seconde en seconde.

Bientôt, il ne serait plus rien qu'un corps sans vie.

CHAPITRE 23

Estheban s'efforçait d'apaiser Ambre autant qu'il le pouvait. Le père de la jeune fille, qui était quant à lui en retrait, semblait déjà anéanti de tout espoir : au lieu de réconforter son enfant, il se demandait comment une personne normale pourrait réagir dans une telle situation.

Néanmoins, cette question était tout à fait valable : après une aventure aussi trépidante qu'effrayante, quelle était la meilleure façon de voir les choses ? Chaque homme recherche — et exige — un point de vue rationnel sur chaque élément, chaque moment qui compose sa vie, afin de se donner bonne conscience. Or, dans certains cas, on ne peut pas tout expliquer : la vie est un subtil mélange de surprises, d'amour et d'espoir, et Pierrick cherchait simplement à savoir pourquoi, aujourd'hui, elle avait été si dure avec lui.

Il cherchait simplement à comprendre ses erreurs.

Mais il revint rapidement à la raison : il n'y avait pas de place pour les remords, car, en une fraction de seconde, le faisceau devint permanent, couvrant d'un bleu hypnotique les visages pétrifiés de toute une population. Estheban, Ambre et Pierrick faisaient partie de ces habitants qui ne croyaient plus en rien, même plus à l'espoir que tout redevienne comme avant, car ils savaient pertinemment que cet événement marquerait leurs vies à jamais.

Une brise intense commença à s'installer, écartant les nuages pour laisser se dévoiler une image d'une rare beauté : le rayon lumineux ne se perdait pas dans les nuages, mais dans quelque chose de bien plus grand, puissant et lointain.

Le rayon se perdait dans l'espace, aux confins de l'univers.

* * *

Ils arrivaient. La Chose les avait appelés pour qu'il vienne la récupérer. Elle resterait avec eux jusqu'à la prochaine fois où ils lui ordonneraient de revenir.

Revenir et répandre de nouveau le chaos sur cette planète.

* * *

Le vaisseau émergea lentement des nuages, dévoilant ses courbes gracieuses et envoûtantes. Il avait, plusieurs minutes auparavant, été repéré par quelques randonneurs partis dans les montagnes. Ces gens s'étaient empressés de sortir leurs téléphones pour filmer cette scène, qui cartonnerait certainement sur le web.

Alors que le coffre propageait continuellement son flux lumineux, le bâtiment spatial avait entamé une longue descente, à la fois rapide et précise : aux premières loges, les adolescents purent distinguer quelques petites fenêtres ainsi que des halos de lumière blanche tout autour de sa coque. Peut-être que derrière ces parois de verre se tenaient des êtres qui les examinaient avec admiration, dégoût ou pitié.

Estheban agrippa Ambre par l'épaule et ils se regardèrent, anxieux. Pierrick les observa tout en les questionnant sur le sort de leur ami Marcus.

« Qu'est-ce qu'on fait les enfants ?
— Il faut qu'on le sorte de là, on doit le sortir de là... lui répondit sa fille.
— Pour nous, il n'aurait jamais abandonné ! compléta Estheban, convaincu de ses mots.
— Alors Ambre, file derrière la grille. Et toi Estheban, agrippe-toi à moi. On va rester avec lui », trancha Pierrick en désignant Marcus d'un mouvement du menton.

Ambre obéit et s'éloigna prudemment, le vent se faisant de plus en plus violent à mesure que le vaisseau s'approchait de la surface terrestre. Elle laissa son père et son ami avec Marcus et le coffre : elle savait qu'ils feraient de leur mieux pour les protéger.

* * *

À environ vingt-cinq mètres d'altitude, le vaisseau ralentit sa course jusqu'à se stopper net. Plusieurs stabilisateurs lâchèrent de gros panaches du fumée qui étouffèrent le terrain d'une épaisse couche brumeuse.

Une fois que sa fille fut en sécurité, Pierrick sortit de sa poche arrière son pistolet armé et visa ce qui semblait être le sas d'embarquement du vaisseau.

« Tu ne l'auras pas, tu m'entends ? Tu ne l'auras pas ! » cria-t-il en appuyant sur la gâchette.

PAM.

Le tir n'eut, manifestement, aucun effet sauf une riposte du coffre de Pandore : une fulgurante onde électromagnétique plongea, d'une traite, Pierrick et Estheban dans l'inconscience la plus profonde qui soit.

La Chose venait de s'évader de sa prison.

CHAPITRE 24

Rare sont ceux qui ont pu contempler la Chose. Dans la ville d'Antoine, sur les trois personnes qui étaient derrière le centre commercial lors de l'assaut, seule une eut, en partie, cette chance. À vrai dire, c'était l'unique personne à être encore consciente.

Ambre, la tête collée contre le maillage rigide du grillage, était l'heureuse élue : l'espace d'un instant, elle avait apprécié l'apparence de la Chose. Elle avait deviné son visage, son corps et même la façon dont elle se déplaçait. Jamais, durant toute sa vie, elle ne pourra réellement décrire ce qu'elle avait vu. Elle en sera toujours incapable, jusqu'à sa mort.

* * *

Le coffre surgit précipitamment du brouillard peu après le coup de feu. Il offrit à Ambre une vision fantasmagorique : toujours en tailleur, Marcus flottait dans les airs, son corps vibrant — et vivant — au rythme de la boîte posée sur ses genoux. Mais que faisaient donc

Estheban et Pierrick ?

Et les deux âmes continuèrent leur ascension, liés par une force indestructible. La Chose gagnait en puissance au fur et à mesure qu'ils prenaient de la hauteur. Marcus, au contraire, faiblissait et même si son esprit luttait, l'instant où il lâcha prise arriva bien vite : une trappe s'ouvrit sous le vaisseau, laissant apparaître des ombres frêles et disloquées qui s'agitaient à l'intérieur du bâtiment ovale.

Le garçon et le coffre de Pandore y pénétrèrent puis, dans un grincement métallique, la trappe se referma sur eux. Les ombres et la lumière jaunâtre qui les créait disparurent alors, laissant les habitants d'Antoine seuls dans le froid glacial qui s'était installé.

Les poils se hérissaient progressivement sur les bras nus d'Ambre, qui usa de ses dernières forces pour aller à la rencontre d'Estheban et de son père. S'écorchant les mains en passant le grillage, elle les trouva allongés, pétrifiés, sur le sol boueux.

Puis, la tête vers les étoiles, elle regarda le vaisseau s'en aller avec Marcus à son bord.

CHAPITRE 25

« Et ensuite ? s'impatienta Adrienne Chazel.

— Ensuite nous nous sommes réveillés, Pierrick et moi, là où nous avions eu notre accident de voiture, répondit Estheban, timidement. Ambre avait été chercher de l'aide pour nous ramener à l'entrée de la ville, qui avait été désertée.

— Désertée ? Comment ça ?

— Après l'envol du vaisseau, le Mur a disparu et les gens ont fui la ville. Par peur qu'elle soit de nouveau encerclée, je crois.

— Et toi, qu'as-tu fait ? T'es-tu enfui aussi ?

— Oui, nous avons rejoins tous les groupes qui s'en allaient à pied car nous n'avions plus aucune raison de rester. Après plusieurs kilomètres, des véhicules de l'armée sont venus nous récupérer. Et la suite, vous la connaissez, elle passe en boucle sur toutes les chaînes de la télévision... » termina Estheban, avec quelques sanglots dans la voix.

Avec pudeur et émotion, sans en faire trop, Adrienne

mit un terme à l'émission. Elle remercia les téléspectateurs, qu'elle disait de plus en plus nombreux, et lança le générique de fin. Les quelques dizaines de personnes qui composaient le public se levèrent, enfilèrent leurs manteaux, se regroupèrent et partirent. Leurs regards n'osaient pas croiser celui perdu d'Estheban.

Le jeune homme resta assis sur son fauteuil comme il avait commencé l'émission, c'est-à-dire seul. Adrienne ne prit même pas la peine de venir le saluer pour sa sincérité et sa gentillesse. Ce fut le technicien, au casque plus imposant que son crâne, qui l'aida à se relever et qui le conduisit jusque dans sa loge.

Le studio reprenait vie, peu à peu, comme s'il ne s'était rien passé.

* * *

Accueilli par Ambre, Estheban s'allongea confortablement dans le canapé. Sa petite-amie lui accorda un baiser, maladroitement assise sur une petite chaise juste à côté. Elle lui passa les doigts entre ses cheveux mi-longs. Elle savait que la sensation provoquée le rassurerait.

« C'était bien, tu as vraiment utilisé les mots les plus justes, dit-elle.

— Je ne sais pas... Je n'aurais peut-être pas dû tout raconter, surtout dans une émission comme celle-là, se soucia-t-il.

— Estheban... On en a déjà discuté ! Toi comme moi, on savait ce que ça allait impliquer !

— Oui, oui, on le savait ! Mais ça fait à peine cinq jours que Marcus est parti... Et ta mère, pas de nouvelles ?

— Cette nana n'est pas ma mère ! Sinon non, personne ne sait où elle est... » conclut-elle.

KLINK.

Un étrange bruit fit bondir les deux adolescents.

* * *

« Estheban ? Voici le Commandant Richard. Je suis vraiment désolé, j'ai fait tout ce que j'ai pu... »

Un homme — un Commandant visiblement — se tenait dans l'encadrement de la porte, précédé de Pierrick. Il s'approcha d'Estheban en écartant Ambre de son passage et lui demanda de se relever. Aidé de deux de ses collègues, il lui empoigna les poignets et le menotta.

« Estheban, ce que tu as dit durant ton interview a fait couler beaucoup d'encre, je peux te l'assurer. Même si certains te croient fou, d'autres t'en veulent pour tes révélations. Mais je ne suis pas là pour te juger, mon devoir est simplement de t'informer : plusieurs plaintes ont été déposées contre toi, notamment pour ton implication dans le pillage du patrimoine historique. Tu es également suspecté d'homicide involontaire. Dans les prochaines heures, tu seras présenté à un juge d'instruction pour mineurs. Tu as le droit de garder le silence, ou tout ce que tu diras pourra être retenu contre toi. »

CHAPITRE *26*

Il faisait nuit noire. Quelques oiseaux étaient rentrés par la fenêtre à barreaux de la cellule d'Estheban, dont le visage osseux était éclairé par le rayon clair de la pleine lune. Adossé contre le mur en briques dont le papier peint appliqué à la hâte s'effritait, il comptait les traits marqués à la craie sur le sol sali de poussières : voilà sept cent trente jours qu'il était enfermé et qu'il n'avait que très rarement parlé à sa famille et à ses amis.

KLINK.

Alors qu'il colorait le parterre de la pièce d'un énième bâton blanc, il prêta attention à ce bruit. Ce cliquetis qui lui rappelait étrangement quelque chose.

KLINK.

Oui. Oui, oui. C'était le cliquetis des menottes que le Commandant Richard lui avait enfilées le jour de son arrestation. Mais que faisait un tel représentant des forces de l'ordre, en pleine nuit, dans une prison pour jeunes délinquants ?

« Commandant Richard ! hurla Estheban, en se

redressant. Commandant Richard ! »

C'était bien lui, toujours habillé de la même tenue policière, qu'il portait avec classe. Mais l'homme n'était pas venu seul : il était accompagné de Pierrick et de celle qui n'avait jamais cessé de l'aimer, même s'il avait été jugé puis emprisonné.

« Évite de crier, Estheban ! On est en pleine nuit je te rappelle... chuchota Ambre.
— Pardon... dit-il en rougissant, les yeux pleins d'amour, sourire aux lèvres.
— J'ai une bonne nouvelle, jeune homme. Le juge vient de t'accorder la liberté conditionnelle pour bonne conduite, lui informa le Commandant Richard.
— Tu vas rester dans nos pattes encore longtemps... » plaisanta Pierrick.

Estheban n'avait jamais été aussi heureux. Jamais.
Une fois la cellule ouverte, il laissa le policier gradé lui remplacer son bracelet d'identification par un dispositif un peu plus lourd, mais qui lui permettrait d'avoir bien plus de liberté de mouvement.

« Et on a autre chose pour toi... poursuivit Ambre. Il y a trois jours, nous avons reçu cette lettre. Elle n'a ni timbre, ni adresse d'expéditeur. On a pensé que ça t'intéresserait... »
Elle lui tendit alors une petite enveloppe en kraft, déjà ouverte. Il la renversa et le papier qu'elle contenait glissa instantanément entre les doigts fins du jeune homme.
C'était une simple feuille blanche, agrafée à une

photographie montrant le symbole si particulier qu'Estheban redoutait. Au dos du papier glacé, quelques mots écrits au feutre noir.

Il est temps de se remettre en route...
Le coffre de Pandore est de retour.

Votre chère amie,
Magdalena

NOTE DE L'AUTEUR

J'ai écrit ce livre entre juin 2015 et janvier 2016, période durant laquelle ma créativité et mon imagination ont toujours été très présentes.

J'adresse toute ma reconnaissance à ma famille et mes amis pour leur soutien et leur esprit critique, qui ont permis à ce livre de voir le jour.

Enfin, je tiens à ajouter que tous les personnages de ce livre sont fictifs : toute ressemblance avec des personnes réelles serait fortuite et imprévue.

ISBN 978-2-9555421-2-5

Matthieu DENIS - Copyright © 2016

Tous droits réservés.